+ 14.50

Nous remercions le ministère du Patrimoine canadien,
la SODEC et le Conseil des Arts du Canada
de l'aide accordée à notre programme de publication

Patrimoine   Canadian
canadien   Heritage

Conseil des Arts   Canada Council
du Canada   for the Arts

ainsi que le gouvernement du Québec
– Programme de crédit d'impôt
pour l'édition de livres
– Gestion SODEC.

Nous reconnaissons l'aide financière
du gouvernement du Canada
par l'entremise du Fonds du livre du Canada
pour nos activités d'édition.

Illustrations:
Fabrice Boulanger

Maquette et montage de la couverture:
Grafikar

Édition électronique:
Infographie DN

Membre de l'Association nationale des éditeurs de livres

ASSOCIATION
NATIONALE
DES ÉDITEURS
DE LIVRES

Dépôt légal: 1er trimestre 2012
Bibliothèque nationale du Canada
Bibliothèque nationale du Québec

1234567890 IM 9876543210

Copyright © Ottawa, Canada, 2012
Éditions Pierre Tisseyre
ISBN 978-2-89633-199-4
11421

ADÈLE ET SON DRAGON

**Catalogage avant publication
de Bibliothèque et Archives Canada**

Mativat, Geneviève (1972-   )

    Adèle et son dragon

    (Sésame; 127.)
    Pour enfants de 6 à 9 ans.

    ISBN 978-2-89633-199-4

    I. Boulanger, Fabrice. II. Titre III. Collection:
    Collection Sésame; 127.

PS8576.A828A62 2012   jC843'.54   C2011-942195-X
PS9576.A828A62 2012

GENEVIÈVE MATIVAT

ADÈLE
et son dragon

roman

ÉDITIONS
PIERRE TISSEYRE
www.tisseyre.ca

155, rue Maurice
Rosemère (Québec) J7A 2S8
Téléphone : 514-335-0777 – Télécopieur : 514-335-6723
Courriel : info@edtisseyre.ca

À toi, ma belle Adèle,
et à tous les dragons
qui peuplent tes rêves.
Puissent-ils ne jamais te quitter.

1

LA GRANDE
NOIRCEUR

Il était une fois un pays sombre et froid. Dessus s'élevait le mont Pointu où vivait Mab, le dragon chevelu. Son souffle de soufre obscurcissait le ciel. Les arbres en avaient perdu leurs feuilles. Les brises d'été s'en étaient allées, et le sol était toujours gelé. La plupart des gens de ce pays avaient depuis longtemps choisi de quitter leur logis. Ainsi, ils avaient traversé la mer, à la recherche de prés plus verts.

Mais pire encore était le sort des quelques habitants, la plupart malades et vieillissants, qui avaient décidé de rester dans la contrée ruinée. Ceux-là auraient bien aimé, la nuit venue, rêver en paix de leur bonheur perdu. Mais nul ne pouvait tranquillement sommeiller, car le dragon adorait gronder. Sans arrêt, ses cris résonnaient et faisaient vibrer les volets. Même la terre tremblait. Un peu plus et se seraient réveillés les morts qu'on y avait couchés.

Dans chaque maison, on se plaignait du dragon grognon.

— Si j'étais plus jeune, si tu n'étais pas si frêle..., dit grand-papa-chou en berçant sa petite-fille. À bord d'un grand navire, nous

pourrions partir comme l'ont déjà fait tous ceux que l'on connaissait. Grand Dieu! De ma forge je donnerais les plus belles pièces pour une simple sieste. J'y reverrais le soleil, les fleurs et les tourterelles… Oh! Adèle ma petite perle, si seulement tu avais pu admirer les crocus et les muguets du mois de mai! Je t'en aurais fait des couronnes dignes d'une baronne.

— Je ne veux pas de couronne, répondit Adèle la Perle. Je préférerais que la forge fonctionne, qu'on y fasse un bon feu pour réchauffer mon petit nez bleu. Rire, danser et chanter au son de ton violon, voilà qui serait bon!

— Hélas! soupira le grand-papa, il n'y a plus de bois. Mab a tout brûlé et mes pieds frigorifiés ne savent plus giguer. Quant à mon violon… Mes doigts glacés ne peuvent plus en jouer.

— N'y a-t-il donc rien à faire contre ce dragon mauvais qui ne se tait jamais ?

— Quelques-uns ont essayé… Surtout des chevaliers attirés par l'or. Car la bête, dit-on, garde un trésor. Mais aucun de ces fanfarons n'est revenu de l'antre du dragon chevelu.

— Les chevaliers sont bien imprudents d'espérer passer inaperçus avec leurs chevaux et leurs écus. Moi, Adèle, aussi petite qu'une perle, je saurais me rendre sans être vue jusqu'au mont Pointu.

— Et le dragon te mangerait toute crue, toi qui es si menue ! protesta le grand-papa.

— Mmmmm, fit Adèle en réfléchissant. L'erreur des géants est d'ignorer les plus petits à leurs pieds. Mais surtout, ne m'écoute pas, je dis n'importe quoi. Serre-moi plutôt tout contre toi, ordonna la belle Adèle.

Le forgeron en resta là et colla un baiser sur le front d'Adèle sa bien-aimée. La petite enlaça son grand-papa qui se mit à fredonner tout bas des berceuses d'autrefois. Adèle se détendit et se serait certainement endormie si le dragon avait consenti à cesser ses cris.

Ainsi, jusqu'au matin, La Perle rongea son frein.

2

LE GRAND DÉPART

Ce matin-là, comme c'était toujours le cas, le soleil se leva mais ne brilla pas, car la fumée du dragon bloquait ses rayons. Le coq somnolent ne lança pas son chant. Une autre journée venait de commencer pour les villageois fatigués.

En vérité, il y avait bien peu d'activité dans le village à demi déserté. Les fermiers fauchés avaient

15

depuis longtemps quitté la place du marché. La blanchisseuse surmenée avait démissionné et abandonné son foyer. Chez le couturier, on avait remisé les chemisiers colorés et les voiles de mariée. À leur place étaient exposés des vêtements plus foncés que le fond d'un encrier. «Le noir est lavable, indémodable, d'une élégance incontestable. Il n'est pas salissant et plus amincissant que le bleu et le blanc», répétait le tailleur qui avait connu des jours meilleurs.

Seul le boulanger semblait vraiment occupé. N'ayant plus de blé pour ses croissants et ses chaussons, il s'était recyclé dans la confection de pains de savon. Mais souvent, on le surprenait, mélancolique et nostalgique, à sculpter des savonnettes en forme de galettes et de baguettes.

Grand-papa-chou était un bon client. Il achetait quotidiennement des quantités de détergent pour laver sa propriété. Car, bien que vivant dans la misère, le grand-père demeurait fier.

Ce jour-là, comme d'habitude, il déclara :

— Ce n'est pas parce que l'on vit près d'un dragon que l'on doit se conduire comme des cochons. Je veux que ma demeure soit éclatante de propreté. Aussi brillante que ma renommée alors que du fer en fusion je forgeais les épées des plus grands guerriers. Mais assez de bavardage : mettons-nous à l'ouvrage ! Et, puisque tel est notre destin, nous ferons de même demain !

De son côté, Adèle la Perle avait une autre idée. Pas question de passer la journée à récurer les planchers! Adèle fila plutôt d'un trait alors que son pépé était occupé à épousseter. Sans faire de bruit, elle entra en catimini dans la forge refroidie. Au mur se trouvaient différents objets. Adèle admira un instant les boucliers ouvragés, les casques et les dagues argentées.

Mon pépé savait charmer le fer comme d'autres les cobras et les vipères, pensa l'enfant. *Mais je dois être plus rusée qu'un chevalier. La vraie force ne vient point de l'arme que l'on tient. Je ne prendrai qu'un petit couteau. Puis, avant de partir, je laisserai un mot.*

Du bout du doigt, sur le mur couvert de suie, juste au-dessus de l'établi, Adèle traça ce qui suit :

Grand-papa, pardonne-moi…
Surtout ne m'en veux pas.
Je suis tout comme toi :

Dans la misère, je reste fière.
Et c'est pourquoi je crois
Que même si nous vivons près
  d'un dragon
Nous ne pouvons nous conduire
  en poltrons!
Tu verras, je réussirai
Là où les autres ont échoué.
Non par la force de mes bras,
Mais parce que rien ne saurait
  m'empêcher
De revenir vers toi…

Et Adèle quitta le toit de grand-papa, sans être vue et encore moins entendue, car les habitants accomplissaient des merveilles dans l'art de se boucher les oreilles. Pour certains, il n'y avait rien de meilleur que le foin battu dans le beurre. Quelques-uns étaient plus à l'aise avec des petits bouts de glaise. Reste que, malgré ces inventions, on ne pouvait jamais piquer un roupillon à cause du fameux dragon…

Mais cela allait bientôt changer, même si Mab ne pouvait s'en douter.

LE GRAND
VOYAGE

Le vent faisait rage dès la sortie du village. Sur la plaine désolée, tout était brûlé. Pas le moindre sous-bois pour freiner le vent froid. Pas de sapinière pour bloquer les courants d'air ni de chêne monumental pour défier les rafales. Prise de frissons, Adèle la Perle noua ses cheveux longs dessous son menton et serra contre son bedon les pans de son vêtement. Aussi loin qu'elle pouvait voir, il n'y avait que désespoir.

Néanmoins, elle avançait et se félicitait :

— Si j'étais née grande et élancée, le vent m'aurait déjà emportée. Heureusement, du haut de mes trois pommes, je résiste mieux qu'un homme : impossible, pour la bise, d'avoir sur moi une bonne prise !

Ainsi, Adèle avança à petits pas vers le mont Pointu et le dragon chevelu. Ce dernier ne daigna pas se montrer, comme La Perle l'avait présumé. Pourquoi un tel géant perdrait-il son temps à griller d'une étincelle Adèle plus petite qu'une perle ? La bête en colère avait sûrement mieux à faire pour que rien ne repousse sous son souffle.

L'enfant marcha longtemps, encore et toujours, jusqu'à la fin du

jour. Une fois la nuit tombée, Adèle s'étendit sur le sentier. Elle espérait se reposer, mais même en bouchant ses oreilles, avec de la vieille cire d'abeille, elle ne trouva pas le sommeil…

Comme s'il la défiait, le dragon au loin hurlait plus fort qu'une chorale de ténors.

LA GRANDE
AVENTURE

Le mont Pointu était enfin en vue. On aurait dit un coquillage s'élevant en vrille vers les nuages. Au pied du mont, l'enfant remonta son pantalon. Elle s'élança, peina et tourna en rond sur la voie en colimaçon. Elle escalada des rochers

escarpés, traversa des galeries puant le moisi et se faufila entre des tas de cailloux sans se rompre le cou…

Les cris du dragon se rapprochaient et lui donnaient l'impression d'avoir des cymbales derrière le front. Ici et là, elle croisa les restes calcinés des malheureux qui l'avaient précédée en ces lieux.

Nom d'une sauterelle! Il faudrait me cimenter les oreilles pour échapper à ces décibels! Tout ceci sent le roussi! pensa Adèle la Perle. *Et si je faisais erreur? Malheur de malheur! Papi avait-il raison? Suis-je trop petite pour cette mission? Me voilà épuisée, l'estomac noué et j'ai si froid que je ne sens plus mes doigts…*

Malgré ses mauvaises pensées, l'enfant décida de se hâter. Bientôt, elle se retrouva devant l'entrée d'une caverne enfumée.

LE GRAND CHOC

— **V**oilà donc ta maison, vilain dragon. On peut dire que tu as de la veine. Je suis si fatiguée que je préfère ne pas t'affronter. Je commencerai par t'observer. Papichou m'a souvent répété qu'il faut bien examiner le métal que l'on a fait chauffer avant de le travailler.

Lorsqu'on a trouvé ses imperfections, on peut le marteler à fond. En résumé, il faut étudier d'abord, puis frapper à mort!

Ces mots à peine prononcés, Adèle fonça dans l'obscurité. Elle était pressée de trouver le nid de son ennemi. À tâtons et au son, elle chercha le monstre cruel qui grognait de plus belle. Au bout d'un long dédale de couloirs et de salles froides, la petite vit une grande porte flanquée de deux torches. La dalle, à ses pieds, était ornée d'un blason représentant un dragon enroulé sur une pierre taillée.

— Ce doit être le fameux trésor plus précieux que l'or. Est-ce un saphir d'Orient ou un diamant? Au fond, quelle importance? Je ne désire que le silence. Prépare-toi, dragon, tu chantes ta dernière chanson!

Adèle fit grincer les charnières de la porte de fer. Rien n'aurait pu la préparer à ce qu'elle allait trouver! En effet, elle s'était imaginé devoir affronter un serpent ailé au regard d'acier, un monstre dégoûtant rongeant des ossements. Pourtant, ce qu'elle voyait maintenant ressemblait à l'intérieur d'un palais. En vérité, n'eût été la saleté, on se serait cru dans une cathédrale, non chez un animal. D'ailleurs, c'est au milieu d'une rotonde avec des colonnes longues qu'Adèle aperçut le dragon chevelu.

Elle fila, comme une souris, se cacher derrière une tapisserie. Il y avait tant de bruit qu'elle craignait en perdre l'ouïe. Mais contrairement à ce qu'on lui avait raconté, le dragon n'était pas occupé à gueuler. En réalité, il dormait à poings fermés et… ronflait! Or, ses ronflements étaient si forts qu'ils auraient pu pousser l'étoile du Nord hors de la Voie lactée, vers une galaxie éloignée.

Ma parole, je crois devenir folle, pensa Adèle la Perle. *Ce dragon dort profondément en provoquant plus de tapage qu'un orage ! Regardez-moi ce malappris aux écailles vert-de-gris. Non content de tout cramer, il ose ronfler une fois endormi, le jour comme la nuit ! Une chose est certaine : je peux m'approcher sans peine… Il ne me reste qu'à trouver le meilleur endroit où frapper.*

Mais avant qu'Adèle ne se fasse une idée, elle fut aspirée par le dragon qui prit une grande inspiration. « Zut, flûte », pesta la belle Adèle avant de se retrouver collée contre le museau puissant du géant. Évidemment, la bête ne s'éveilla pas, Adèle étant pour elle aussi légère qu'un pois.

Tout autre que notre amie aux cheveux blonds aurait profité de l'occasion pour crever les yeux du cracheur de feu. Mais Adèle la Perle avait plus de noblesse et, surtout, elle sentit sous ses fesses une chaude caresse.

Nom d'un bourdon! Le corps entier de ce monstre tant redouté est aussi chaud qu'une bonne flambée! Mab me semble soudain très aimable! Un être si douillet ne peut être complètement mauvais. Qu'en dirait grand-papa? Je voudrais tant qu'il soit là...

Pour l'heure, Adèle décida de se hisser jusqu'au toupet blanc et frisé du dragon qui continuait de ronfler.

Une fois que je serai entre ses cornes d'ivoire, le monstre ne pourra pas me voir, songea la Belle.

Aussitôt dit, aussitôt fait! Adèle était stupéfaite. De sa cachette, la température était parfaite. Sans compter que les poils du dragon avaient la douceur du coton.

Quelle merveille que ce matériel! Et si j'en bourrais mes oreilles? pensa Adèle en utilisant son couteau pour raser légèrement le coco du monstre qui faisait dodo. L'enfant se fabriqua ainsi deux bouchons soyeux qu'elle plaqua contre ses tympans douloureux.

Et le silence se fit! Quelle chance!

Ô douceur! Ô bonheur! se dit Adèle la Perle en se délectant de l'absence de sons et de la douce chaleur sous ses petits petons. Ainsi, elle s'endormit comme un chaton qui fait ronron et fit des rêves fort jolis.

6

LA GRANDE
DÉPRIME

Devant une large fenêtre donnant sur le pays austère, Mab s'ennuyait de tout son être :

— Une autre journée monotone à faire peur aux hommes… Quel village vais-je brûler en premier ? Celui de la clairière, derrière le lac Clair est toujours en braises épaisses… Celui plus au nord grésille encore. Quant à celui près de la mer, il ne compte que quelques pépères qui ont déjà assez souffert… D'ailleurs, si je m'écoutais, toujours je dormirais. Mais je dois me venger de ces effrontés qui m'ont volé. Je le demande encore : où est mon trésor ? Mon rubis était ma vie. Je suis né pour le garder. Sans mon bien, je ne suis rien. Les humains doivent payer ! Après, j'irai me recoucher…

Adèle la Perle, toujours bien cachée, entendit ce discours enflammé. Elle ne savait quoi en penser.

Papi-chou m'a bel et bien affirmé qu'aucun chevalier n'était revenu du mont Pointu. Mab semble pourtant convaincu qu'on lui a dérobé son rubis adoré dont j'ai vu le dessin à l'entrée… Voilà donc d'où vient son désir de tout détruire ! En réalité, cette bête me fait pitié. Elle est isolée, ne fait que ronfler et chercher à se venger. Je me sens soudain choyée. Avec grand-papa-chou qui m'aime, je suis plus riche qu'une reine. Sur son cœur je règne et sur ses genoux je trône… Nous sommes notre propre royaume. Lui pour moi et moi pour lui…

Ainsi, Adèle qui avait bien dormi se laissa aller à la sympathie. Elle s'étira et à haute voix déclara:

— Grand-papa-chou ne dit-il pas que dans le plus laid des minerais se cachent bien souvent des gisements d'or et d'argent?

— Qui va là? cria Mab dans le vide, Adèle étant pour lui invisible. Vous avez déjà tout pris! Vous n'avez rien à faire ici! Et, croyez-moi, si je parviens à vous trouver, je saurai vous faire payer de m'avoir dérangé!

Adèle sauta alors sur le plancher pour parler au dragon vexé.

— Me faire payer de te déranger? C'est vrai que tu as l'air débordé! Et tellement bien entouré! Ton armée de chauves-souris, pendues à tes tapisseries, doit te causer bien des soucis. Sans oublier tes amis les rats, qui courent ici et là! Et à quelle heure, monseigneur, prends-tu le thé avec tes araignées? Tu ferais mieux de me brûler sur-le-champ. Tu n'as pas de temps à perdre avec une enfant.

Le géant aussitôt se pencha et gronda la fillette qui ne broncha pas.

— Qui es-tu pour oser faire la leçon à un vieux dragon? Ignores-tu à qui tu t'adresses, petite diablesse? Sache, fillette, que d'une simple pichenette, je peux te

propulser vers des contrées encore
inexplorées.

— Et après, que feras-tu? rétor-
qua La Perle. Alors que j'étais
cachée sur ton toupet, tu te lamen-
tais. Je sais que tu te sens inutile
sans ta pierre qui brille, mais c'est
une évidence: ta vengeance ne
calme pas tes souffrances. Tout
seul ici, tu dépéris. Il faut te secouer

un peu pour prendre du mieux, te battre pour te remettre sur patte.

Pour la première fois depuis longtemps, le dragon, soudain pénitent, eut le souffle coupé et la gorge nouée. Il attrapa son invitée et la plaça tout près de son nez pour mieux l'examiner.

— Quelle drôle de créature tu es. Une sorte d'oisillon brave comme un lion. Ma pierre me manque, il est vrai. Les dragons sont ainsi faits. Un matin, elle n'était plus là. Depuis, je suis si las… Je passe ma colère sur tous tes frères… Et puis te voilà! Que veux-tu de moi?

Adèle tendit le bras et caressa du bout des doigts les narines frétillantes de la bête larmoyante…

— Pour commencer, il faut te refaire une beauté. Tu es tout empoussiéré. Or, mon grand-papa-chou dit que, même dans la misère, il faut rester fier. Je te suggère d'aller au lac Clair. Tu pourras t'y laver ; je t'aiderai à te décrotter. Après, nous pourrons réfléchir à nos plans pour l'avenir…

Le dragon accepta, essuya une larme et, pour une fois, ravala ses flammes !

7

LE GRAND
MÉNAGE

Adèle la Perle s'accrocha ferme-
ment au toupet blanc du géant. Du
haut du mont, le dragon prit un
élan, puis fendit le ciel en battant
des ailes. La fillette n'avait jamais
eu un tel point de vue sur sa terre
natale, ravagée et sale… Elle en fut

peinée, mais resta persuadée que la situation pouvait changer. Et pour y arriver, il fallait d'abord consoler le dragon au cœur brisé.

Bientôt, les deux partenaires furent au bord du lac Clair. Aucun cygne au long cou n'y faisait de remous. Pas un seul crapaud ne jouait dans les roseaux. Sous l'onde, nul poisson ne faisait la ronde. Sans vie, le lac semblait attristé, impatient qu'on daigne s'y baigner.

— Allons, il faut te tremper! Regarde, tu n'as qu'à m'imiter, dit Adèle la Perle en sautant dans l'étang… Brrr, c'est glacé, se plaignit l'enfant en frissonnant.

— Pas pour longtemps! Donne-moi un instant! lança le dragon avant de faire un bond dans le lac qui déborda sous son poids.

Et le dragon avait raison. Dès qu'il fut trempé de la tête aux pieds, la température de l'eau monta et Adèle s'extasia :

— Bravo! Quel délice que ce bain chaud! Viens que je te frotte pour que tu sois beau et propre!

Et avec son couteau, la fillette récura le dos du dragon, son nouveau compagnon. Une fois la poussière et la suie parties, Adèle vit que Mab n'était pas tout gris. Bien lavé, il était plutôt coloré.

— Quel rouge éblouissant! Quel jaune flamboyant! Et que dire de ce vert unique! Ma parole : tu es magnifique! Même le lac semble enchanté d'accueillir ton beau reflet! Tes couleurs chantent la vie, comme un grand pré fleuri! s'exclama Adèle la Perle.

— C'est pourtant vrai, acquiesça Mab. J'étais si occupé à bouder que je me suis négligé. Or, pour un dragon, je suis plutôt mignon, se félicita la bête en admirant sa face à la surface du lac.

Après le bain, l'enfant et le monstre rayonnant se laissèrent sécher au vent. La bise, telle une canaille, vint chatouiller les écailles du géant. En vibrant, elles firent une douce musique un peu métallique.

— En voilà une jolie chanson! Il ne manque que le violon de mon pépé pour nous accompagner. Qu'à cela ne tienne : puisque nous sommes bien réchauffés, nous allons danser ! déclara Adèle la Belle.

Enchanté d'avoir retrouvé sa beauté, Mab se laissa ainsi entraîner dans un joyeux ballet. Essoufflé et heureux, il enlaça Adèle de sa queue et la souleva vers les cieux.

— Ah! Adèle aussi petite qu'une perle, je remercie le génie malin qui t'a mise sur mon chemin. Tu me fais rire et rajeunir! Danser avec toi me rappelle tant de souvenirs… Je me revois vif et joyeux, volant dans l'infini ciel bleu. En ce temps-là, il n'y avait pas de villageois. Le monde entier était à moi. La terre était sauvage. Que dire du paysage! Partout des oiseaux, de grands bouleaux et des cerfs en troupeaux… Les forêts d'automne, si ma mémoire est bonne, étaient encore plus somptueuses que ma pierre précieuse… Mais de cela il ne reste rien. Maintenant, je le vois bien, sanglota Mab pris de chagrin.

— Eh oui… Depuis que tu es en colère à cause d'une simple pierre, nous vivons tous dans la misère. Notre pauvre pays est anéanti. Ton caillou est je ne sais où. Mais notre terre immense, elle, peut renaître de ses cendres… Ce qui a été fait peut toujours être défait, ajouta Adèle d'un air satisfait.

— Mais comment donc? soupira le dragon, ne voyant aucune solution.

Adèle examina un moment la queue du géant. De son doigt menu, elle en tâta le bout pointu.

— Et si nous faisions le grand ménage? En débutant par un orage? Vois ces nuages de crasse cachant notre soleil dont nous sommes sans nouvelle. Il suffirait de s'envoler, de les crever de ta queue effilée pour les obliger à doucher toute la contrée.

Le dragon aima l'idée. Il plaça Adèle sur son nez avant de s'envoler. Puis, avec sa queue pour flèche, il provoqua des averses. La pluie tomba d'abord doucement, puis comme un torrent. La terre se gorgea d'eau et les fossés devinrent des ruisseaux.

— Encore, encore! cria Adèle en savourant ce moment magique d'une amitié vraiment unique.

Le dragon ne dit pas non. Le duo répéta donc l'opération sur toute la région. Ainsi, Adèle et son dragon furent absents toute une saison. Puis, par une nuit étoilée, ils rentrèrent au mont Pointu, éreintés et fourbus. Enfin, ils allaient profiter d'un repos bien mérité!

8

LE GRAND
RÉVEIL

Au petit matin, la belle et son copain entendirent un étrange refrain.

—D'où viennent ces notes cristallines? s'enquit la gamine.

—Cette chanson, répondit le dragon, je m'en souviens très bien. Monte sur ma tête et regardons par la fenêtre. Une surprise nous attend, j'en ai le pressentiment.

Et le dragon avait raison. Dehors, des volés de bruants chantaient le retour du printemps. Les champs verdoyants étaient piqués de lilas blancs. Des rivières argentées coulaient entre les rochers. De jolis pinsons faisaient leur nid dans les buissons.

— Oh! s'exclama Adèle la Perle, durant notre long voyage et notre chasse aux nuages, notre coin de pays est revenu à la vie.

Le dragon opina du menton.

— Toutes les semences qui dormaient sous la cendre ont bu l'eau du ciel et germé au soleil.

— Voici enfin devant moi ces choses dont me parlait grand-papa, réalisa la fillette en émoi. Jamais je n'aurais pu imaginer tant de beauté. Et tout cela grâce à notre amitié! Quelle chance de t'avoir rencontré et d'avoir pris le temps de t'écouter !

— Tu as raison, approuva le dragon. D'ailleurs, depuis que tu es mon amie, je ne regrette plus mon rubis. Tu es, Adèle la Perle, le plus beau des joyaux, le plus précieux à mes yeux, affirma le géant en recueillant son amie toute menue entre ses pattes griffues.

Adèle tendit les bras et baisa le front de son compagnon.

— Je dois avouer que je ne t'ai pas toujours aimé, dit Adèle pas fière d'elle. J'en avais assez de t'entendre gronder et ronfler. Sans compter que tu avais tout brûlé ! Mais désormais, je ne peux imaginer une seule journée sans toi à mes côtés. Et que dire de toutes ces splendeurs qui nous mettent la joie au cœur. Nous voilà bien récompensés d'avoir su nous réconcilier. Et puisque nous avons ramené l'été, allons tout de suite en profiter ! proposa l'enfant en trépignant.

Ainsi, le dragon et Adèle, sa toute belle, s'en allèrent gambader dans les prés. L'enfant, sans plus attendre, se roula dans l'herbe tendre. Elle se mit à taquiner les coccinelles volant autour d'elle, pendant que le dragon faisait la chasse aux papillons. Soudain se mit à souffler une brise parfumée. Le vent chargé d'aigrettes chatouilla le nez de la fillette. Le dragon lui-même respira des pollens. Puis en examinant un monarque, il fut pris d'une terrible attaque d'éternuements bruyants. Ses naseaux irrités finirent par rejeter, dans un tourbillon de flammes, un rubis rouge comme le vin d'Espagne.

Éberlué, Mab en resta bouche bée. Adèle la Perle admira la merveille presque aussi grosse qu'elle.

— Voilà donc où se cachait le rubis dont tu t'ennuyais. En dormant, il y a bien des années, tu as dû l'aspirer. Il est resté coincé dans ton nez : c'est ce qui te faisait horriblement ronfler, au point de rendre fous tous les gens de chez nous !

Et comme si cela n'était pas assez, tu as cru bon de te venger sur les bergers et les fermiers qui ne t'avaient rien fait. Ceci jusqu'à mon arrivée…, soupira Adèle, désolée.

— Je suis si embarrassé. Comment me faire pardonner ? souffla le géant repentant.

— Eh bien, dit la fillette en triturant ses couettes. Voilà une question qui demande réflexion. Je crois que cette pierre de malheur devrait nous servir à corriger nos erreurs. Mais pour commencer, il me faut rentrer chez mon pépé qui doit être épouvanté. Cette fois, je ne partirai pas à pied : viens avec moi, nous allons voler !

9

LE GRAND
RETOUR

Au village, tous les habitants étaient rayonnants. Ils ne craignaient plus le dragon volant qui semblait absent. Fini les incendies, les grognements, les ronflements. Et il y avait mieux encore! La température battait des records avec une douce chaleur ravigotant le corps.

— J'ai dormi au moins huit heures et me suis levé en sueur, jubilait le ramoneur.

— Quant à moi, j'ai vu passer les oies… Je m'en vais en chasser pour faire de bons pâtés, annonçait le charcutier.

Bref, sans en chercher vraiment la cause, tous profitaient du revirement des choses. Seul le bon forgeron était dévoré par la tristesse d'avoir perdu sa princesse.

— Adèle ma perle. Tu étais ma nuit de sommeil. Ma toile d'araignée couverte de rosée dans l'aube ensoleillée. Ma petite fleur sauvage bravant l'orage. Ma bougie qui luit dans le noir de la nuit. Ô Adèle, ma lumière! Sans toi, c'est l'hiver dans mon cœur de grand-père, et je n'ai que faire de cet été retrouvé, pleurait le forgeron enfermé dans sa maison.

Seuls les craquements monotones du parquet, où il se berçait, répondaient au vieil homme défait. Ceci jusqu'au jour où il fut surpris d'entendre des cris :

« Le dragon, fuyons ! Mort à ceux et celles qui traîneront des semelles ! »

« Jetons-nous dans le puits pour échapper à son appétit ! »

« Roulons-nous dans la boue pour avoir mauvais goût ! »

Le forgeron ferma les yeux : *C'est donc toi, l'affreux ! Viens à moi, cracheur de feu ! Brûle ma toiture et démolis mes murs. Fais de moi de la compote. Peu m'importe. Tu m'as déjà tout pris en dévorant Adèle ma jolie…*

Mais rien ne flamba autour du grand-papa. Pas de grand fracas.

Étonné, il jeta un œil à la fenêtre et vit, dans son jardin, Mab assis sur son arrière-train. Puis le grand-père aperçut, sur la tête chevelue de la bête, Adèle, bien vivante, tenant une pierre brillante.

— Mon doux, je deviens fou! s'écria Papichou. Je n'ose y croire, il faut que j'aille voir! lança-t-il encore avant de filer dehors.

Ainsi, le forgeron rencontra le dragon, qui déposa Adèle sur le gazon. Le vieil homme tout tremblant se jeta sur l'enfant. Il la serra et balbutia:

— Adèle ma perle, mon hirondelle, ma fidèle… Toi, partie? Mab, ici? Quand? Comment?

— Mon cher Papi! dit La Perle. J'ai tout simplement réussi, comme je te l'avais promis! Maintenant, le soleil luit et il n'y a plus de bruit! Je me suis même fait un ami:

Mab que voici. Et je rapporte ce gros rubis.

— Un ami! Fi! s'indigna le forgeron. Quel drôle de nom pour ce dragon! Aurais-tu déjà oublié tout ce qu'il nous a fait endurer?

Des villageois courroucés osèrent s'approcher. Ils ajoutèrent leur voix à celle du grand-papa: «Que ce monstre vert aille au diable vauvert!»

Le dragon, gêné et dépité, fit alors mine de s'envoler vers sa tanière remplie de poussière.

— Non! protesta Adèle la Perle en retenant Mab par une aile. Bien sûr que vous êtes fâchés. Mab vous a harcelés et condamnés à la pauvreté. Il a chassé de la contrée tous ceux que vous aimiez. D'un autre côté, vous le savez, Mab habitait cette terre avant les pères de nos pères. Nous, sitôt arrivés, avons

cherché à le tuer et à le voler. C'est assez ! Les choses doivent changer. Nous allons cohabiter. Mab n'a rien d'une bête monstrueuse. Auprès de lui, je suis heureuse. C'est avec l'aide de ce dragon que j'ai ramené la belle saison. Or, en nous y prenant bien, je connais aussi le moyen de ramener au village ceux qui jadis ont pris le large.

Ébranlée par son discours improvisé, Adèle se mit à trembler. Aussitôt, de son aile volumineuse, Mab enveloppa la fillette frileuse. Le forgeron fut frappé par cette vision. Il reconnut dans ce mouvement le dévouement d'une maman pour son petit enfant. L'assistance attendrie demeura ébahie. Alors, le grand-papa lança :

— Adèle, quel est ton plan ? Ne perdons pas de temps !

10

LA GRANDE
LUMIÈRE

—**P**aré? demanda le dragon voletant ici et là, juste au-dessus du toit.

—Paré! lança le pépé devant le foyer de son atelier.

Le dragon prit une profonde inspiration avant de cracher dans la cheminée. Un grand brasier fut ainsi allumé dans la forge abandonnée. Patiemment, le forgeron y fit chauffer et rougir des morceaux d'argent et de cuivre.

— Adèle, fais attention aux étincelles! l'avertit le vieil artisan avant de prendre son élan pour battre à coups de marteau ses différents métaux.

Des heures passèrent et des curieux se massèrent devant l'atelier surchauffé. Le forgeron les ignora. Sans s'arrêter, il travailla.

— Ma toute belle, passe-moi cet outil, et celui-là et celui-ci, disait le papi à Adèle. Et toi, sur mon toit, encore un petit effort, souffle plus fort!

Bientôt, le pépé put exposer sa pièce terminée au milieu de la cour bondée. Tous purent enfin l'admirer.

—On dirait une couronne énorme, fit remarquer un bon homme.

— Et il n'y manque que ta pierre, mon cher, ajouta le forgeron, en s'adressant au dragon perché sur un gros rocher avec Adèle sur son toupet. Es-tu bien décidé à t'en séparer ?

— Cette pierre n'est qu'une babiole qui brille, comparée à votre petite-fille. Cette enfant futée m'a sauvé et m'a appris de grandes vérités. Maintenant, je sais que ce rubis ne m'a causé que des ennuis. Je l'ai longtemps gardé et protégé, mais au fond j'en étais prisonnier. À présent, tout ça est de l'histoire ancienne. Il est temps que la paix revienne. Et puisque tant de gens ont voulu l'avoir, plaçons ce trésor où tous pourront le voir.

Les gens du village applaudirent ces paroles très sages. Puis, avec application, le forgeron fixa le rubis à la couronne refroidie.

—Voilà du travail bien fait, affirma Adèle, très gaie. Es-tu prêt, dragon? Retournons sur le mont!

Aussitôt, le dragon prit entre ses dents l'œuvre du vieil artisan. Avec Adèle sur son toupet blanc, il fila contre le vent qui fit chanter ses écailles lustrées.

Ainsi, avant la nuit, la couronne et son rubis furent installés par le dragon sur le bout pointu du mont.

—Il ne nous reste plus qu'à attendre, dit Adèle la Perle à Mab au cœur tendre.

À ces mots, les rayons du soleil couchant frappèrent la pierre rouge sang. Le ciel en devint orangé, violet, rose et doré. Durant des mois et des semaines, ces teintes spectaculaires traversèrent les océans et les mers. Après quoi on vit arriver de nombreux navires attirés par cette lumière vive et colorée.

Le plan d'Adèle et du dragon se révéla être le bon, car le rubis ramena au pays tous ceux qui en étaient partis.

***

Depuis, le village grouille de vie. La blanchisseuse est heureuse de retrouver ses clients et de repasser des draps blancs. Chez son voisin le tailleur, on coud pendant des heures des robes fleuries et de jolis habits. Chez le boulanger, on peut de nouveau croquer des brioches sucrées. Quant à l'atelier du forgeron, on s'y bouscule sans arrêt, pour commander divers objets. Puis, dans la soirée, on vient y écouter le pépé jouer de joyeux rigodons avec son violon.

Et dans toute la contrée, on entend chanter la chanson d'Adèle et de son dragon rebelle :

Une petite-fille de forgeron
Affronta un jour un dragon
Sans hache ni épée
Ni armure ni bouclier
Elle sut gagner l'amitié
Du monstre détesté
Depuis ils habitent les nuages
Et on les voit après l'orage
Glisser sur les arcs-en-ciel
Entre la terre et le soleil

TABLE DES CHAPITRES

Geneviève
Mativat

Geneviève Mativat est née à Montréal, a toujours habité Laval et a toujours préféré la campagne. Elle est juriste, anthropologue, écrivaine, directrice littéraire, bonne cuisinière, très mauvaise musicienne, jardinière impitoyable avec ce qui ne pousse pas vert, amie fidèle, épouse presque toujours dévouée et, surtout, elle est la maman d'Adèle, sa perle entre toutes la plus belle…

Collection Sésame

Illustration : Sampar